OH! MY UNIVERSE

DIARY

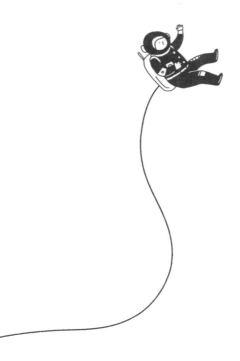

2018

1 JANUARY

S	M	T	W	T	F	S
	1	2	3	4	5	6
7	8	9	10	11	12	13
14	15	16	17	18	19	20
21	22	23	24	25	26	27
28	29	30	31			

2 FEBRUARY

S	M	T	W	T	F	S
				1	2	3
4	5	6	7	8	9	10
11	12	13	14	15	16	17
18	19	20	21	22	23	24
25	26	27	28			

3 MARCH

S	M	T	W	T	F	S
				1	2	3
4	5	6	7	8	9	10
11	12	13	14	15	16	17
18	19	20	21	22	23	24
25	26	27	28	29	30	31

4 APRIL

S	M	T	W	T	F	S
1	2	3	4	5	6	7
8	9	10	11	12	13	14
15	16	17	18	19	20	21
22	23	24	25	26	27	28
29	30					

5 MAY

S	M	T	W	T	F	S
		1	2	3	4	5
6	7	8	9	10	11	12
13	14	15	16	17	18	19
20	21	22	23	24	25	26
27	28	29	30	31		

6 JUNE

S	M	T	W	T	F	S
					1	2
3	4	5	6	7	8	9
10	11	12	13	14	15	16
17	18	19	20	21	22	23
24	25	26	27	28	29	30

7 JULY

S	M	T	W	T	F	S
1	2	3	4	5	6	7
8	9	10	11	12	13	14
15	16	17	18	19	20	21
22	23	24	25	26	27	28
29	30	31				

8 AUGUST

S	M	T	W	T	F	S
			1	2	3	4
5	6	7	8	9	10	11
12	13	14	15	16	17	18
19	20	21	22	23	24	25
26	27	28	29	30	31	

9 SEPTEMBER

S	M	T	W	T	F	S
						1
2	3	4	5	6	7	8
9	10	11	12	13	14	15
16	17	18	19	20	21	22
23	24	25	26	27	28	29
30						

10 OCTOBER

S	M	T	W	T	F	S
	1	2	3	4	5	6
7	8	9	10	11	12	13
14	15	16	17	18	19	20
21	22	23	24	25	26	27
28	29	30	31			

11 NOVEMBER

S	M	T	W	T	F	S
				1	2	3
4	5	6	7	8	9	10
11	12	13	14	15	16	17
18	19	20	21	22	23	24
25	26	27	28	29	30	

12 DECEMBER

S	M	T	W	T	F	S
						1
2	3	4	5	6	7	8
9	10	11	12	13	14	15
16	17	18	19	20	21	22
23	24	25	26	27	28	29
30	31					

2019

1 JANUARY

S	M	T	W	T	F	S
		1	2	3	4	5
6	7	8	9	10	11	12
13	14	15	16	17	18	19
20	21	22	23	24	25	26
27	28	29	30	31		

2 FEBRUARY

S	M	T	W	T	F	S
					1	2
3	4	5	6	7	8	9
10	11	12	13	14	15	16
17	18	19	20	21	22	23
24	25	26	27	28		

3 MARCH

S	M	T	W	T	F	S
					1	2
3	4	5	6	7	8	9
10	11	12	13	14	15	16
17	18	19	20	21	22	23
24	25	26	27	28	29	30
31						

4 APRIL

S	M	T	W	T	F	S
	1	2	3	4	5	6
7	8	9	10	11	12	13
14	15	16	17	18	19	20
21	22	23	24	25	26	27
28	29	30				

5 MAY

S	M	T	W	T	F	S
			1	2	3	4
5	6	7	8	9	10	11
12	13	14	15	16	17	18
19	20	21	22	23	24	25
26	27	28	29	30	31	

6 JUNE

S	M	T	W	T	F	S
						1
2	3	4	5	6	7	8
9	10	11	12	13	14	15
16	17	18	19	20	21	22
23	24	25	26	27	28	29
30						

7 JULY

S	M	T	W	T	F	S
	1	2	3	4	5	6
7	8	9	10	11	12	13
14	15	16	17	18	19	20
21	22	23	24	25	26	27
28	29	30	31			

8 AUGUST

S	M	T	W	T	F	S
				1	2	3
4	5	6	7	8	9	10
11	12	13	14	15	16	17
18	19	20	21	22	23	24
25	26	27	28	29	30	31

9 SEPTEMBER

S	M	T	W	T	F	S
1	2	3	4	5	6	7
8	9	10	11	12	13	14
15	16	17	18	19	20	21
22	23	24	25	26	27	28
29	30					

10 OCTOBER

S	M	T	W	T	F	S
		1	2	3	4	5
6	7	8	9	10	11	12
13	14	15	16	17	18	19
20	21	22	23	24	25	26
27	28	29	30	31		

11 NOVEMBER

S	M	T	W	T	F	S
					1	2
3	4	5	6	7	8	9
10	11	12	13	14	15	16
17	18	19	20	21	22	23
24	25	26	27	28	29	30

12 DECEMBER

S	M	T	W	T	F	S
1	2	3	4	5	6	7
8	9	10	11	12	13	14
15	16	17	18	19	20	21
22	23	24	25	26	27	28
29	30	31				

MY UNIVERSE IS...

당신은 이미 우주예요.

우주 속 당신을 믿어요.

지금, 당신만의 우주를 만들어보세요.

IN MY UNIVERSE

BUCKET LIST
OF MY LIFE

_____

_____

_____

_____

_____

_____

_____

_____

_____

_____

_____

_____

_____

_____

_____

TO DO LIST
IN THIS YEAR

_____

_____

_____

_____

_____

_____

_____

_____

_____

_____

_____

_____

_____

_____

MONTHLY PLAN

1 JANUARY	2 FEBRUARY	3 MARCH

7 JULY	8 AUGUST	9 SEPTEMBER

4 APRIL	5 MAY	6 JUNE

10 OCTOBER	11 NOVEMBER	12 DECEMBER

	MON	TUE	WED
_____			

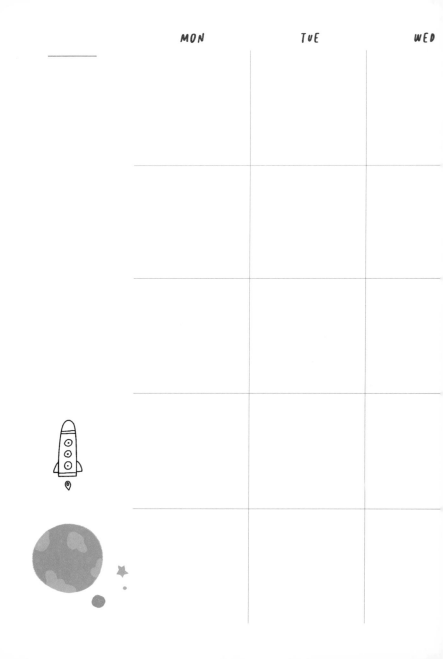

THU	FRI	SAT	SUN

MON	TUE	WED

THU	FRI	SAT	SUN

MON	TUE	WED

THU	FRI	SAT	SUN

MON	TUE	WED

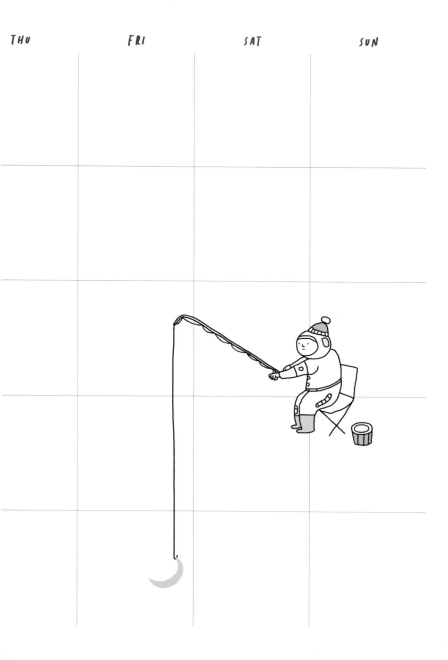

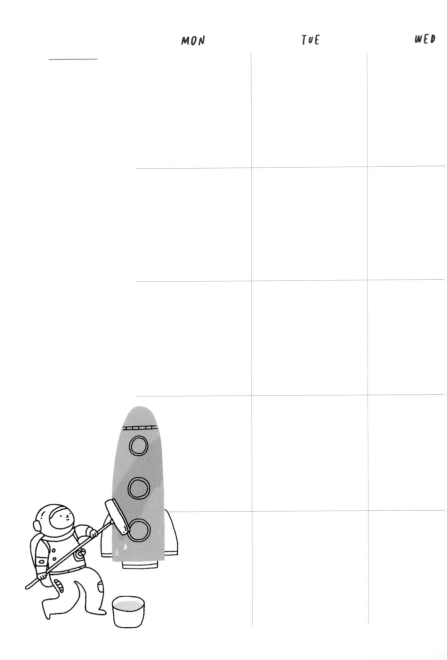

THU	FRI	SAT	SUN

MON	TUE	WED

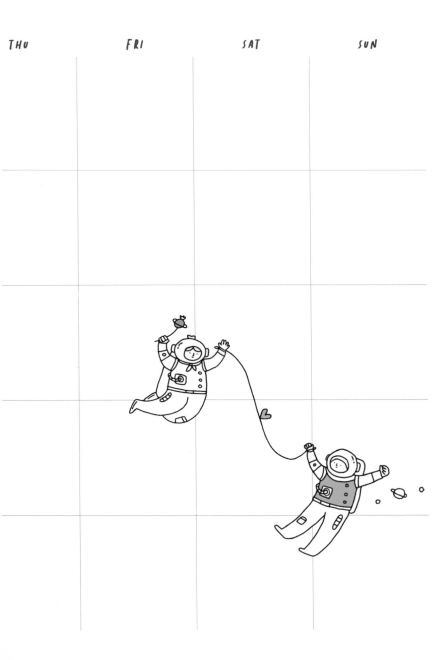

MON	TUE	WED

THU	FRI	SAT	SUN

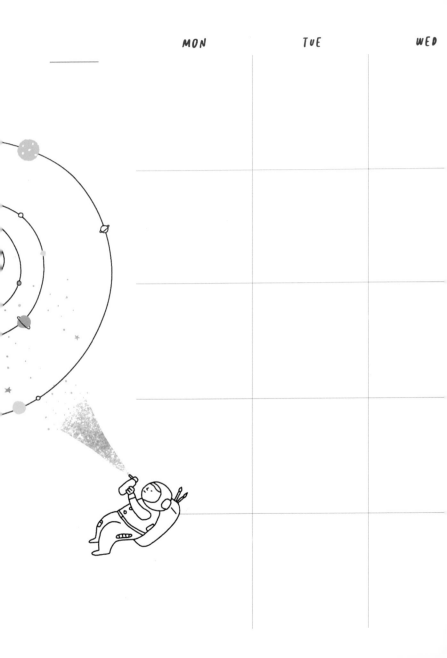

MON	TUE	WED

THU	FRI	SAT	SUN

MON	TUE	WED

THU	FRI	SAT	SUN

MON	TUE	WED
_____		

THU	FRI	SAT	SUN

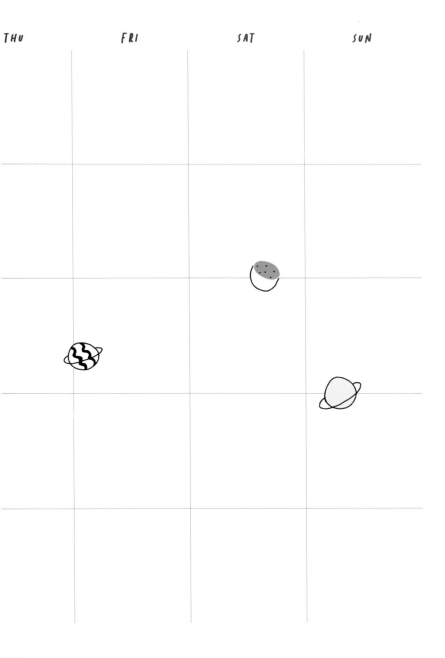

	MON	TUE	WED

THU	FRI	SAT	SUN

MON	TUE	WED

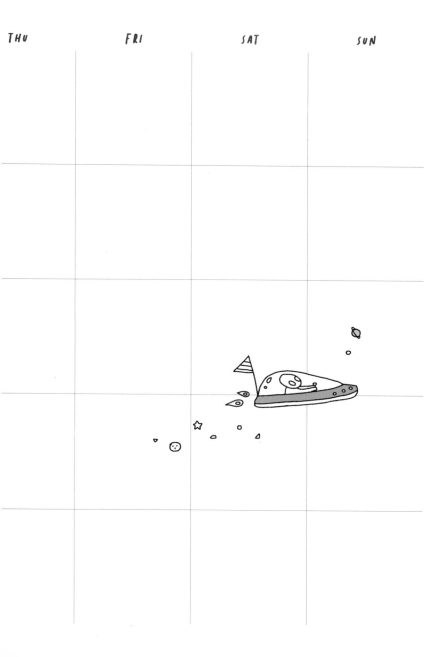

MON	TUE	WED

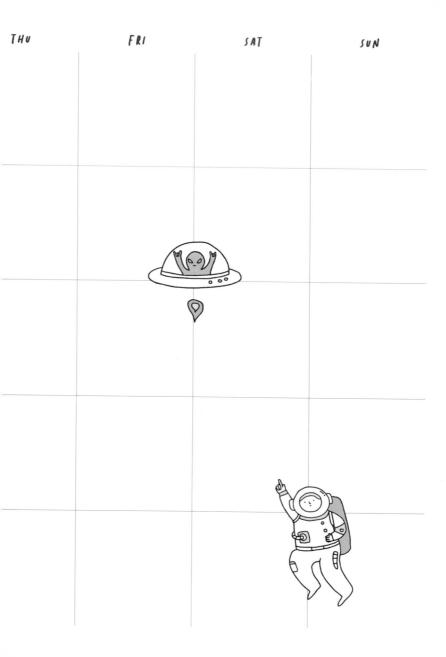

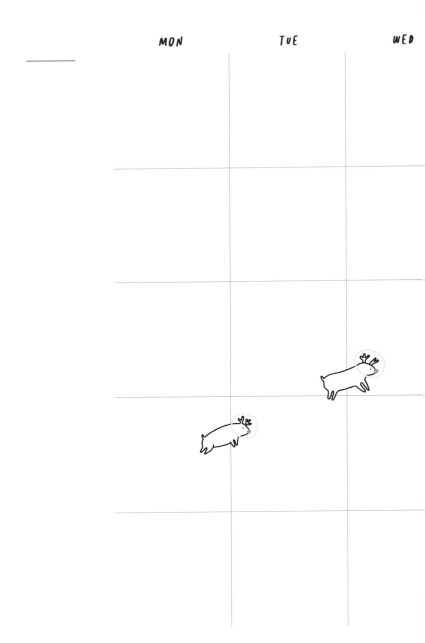

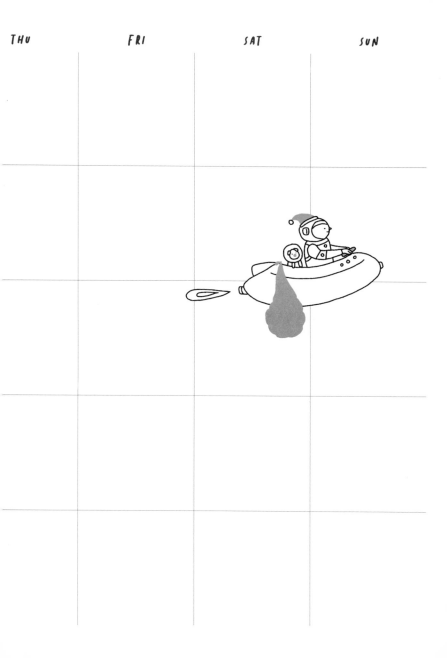

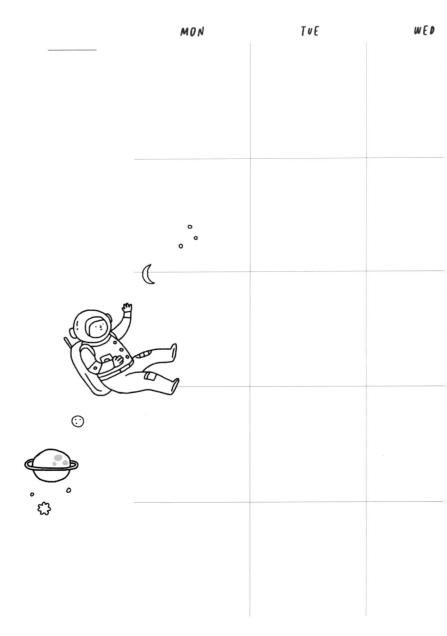

THU	FRI	SAT	SUN
		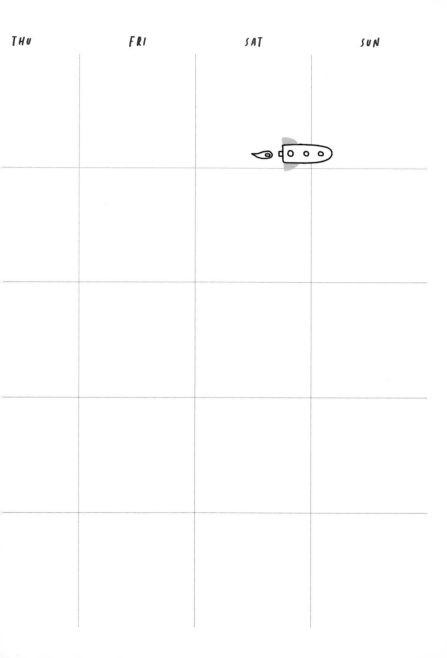	

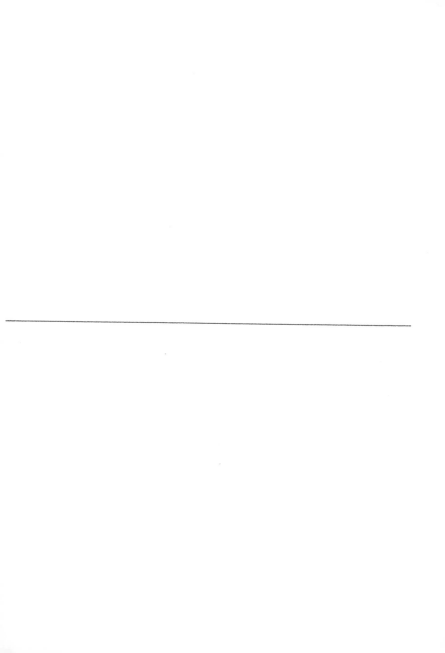

REVIEW LIST

DATE	CATEGORY	TITLE	SCORE

ATE	CATEGORY	TITLE	SCORE
			☾☾☽○○
			☾☾☽○○
			☾☾☽○○
			☾☾☽○○
			☾☾☽○○
			☾☾☽○○
			☾☾☽○○
			☾☾☽○○
			☾☾☽○○
			☾☾☽○○
			☾☾☽○○
			☾☾☽○○
			☾☾☽○○
			☾☾☽○○
			☾☾☽○○
			☾☾☽○○
			☾☾☽○○
			☾☾☽○○
			☾☾☽○○

✦ REVIEW LIST 🪐

DATE	CATEGORY	TITLE	SCORE
			🌒🌒🌓🌕🌕
			🌒🌒🌓🌕🌕
			🌒🌒🌓🌕🌕
			🌒🌒🌓🌕🌕
			🌒🌒🌓🌕🌕
			🌒🌒🌓🌕🌕
			🌒🌒🌓🌕🌕
			🌒🌒🌓🌕🌕
			🌒🌒🌓🌕🌕
			🌒🌒🌓🌕🌕
			🌒🌒🌓🌕🌕
			🌒🌒🌓🌕🌕
			🌒🌒🌓🌕🌕
			🌒🌒🌓🌕🌕
			🌒🌒🌓🌕🌕
			🌒🌒🌓🌕🌕
			🌒🌒🌓🌕🌕
			🌒🌒🌓🌕🌕
			🌒🌒🌓🌕🌕

ATE	CATEGORY	TITLE	SCORE
			☽ ☽ ☽ ○ ○
			☽ ☽ ☽ ○ ○
			☽ ☽ ☽ ○ ○
			☽ ☽ ☽ ○ ○
			☽ ☽ ☽ ○ ○
			☽ ☽ ☽ ○ ○
			☽ ☽ ☽ ○ ○
			☽ ☽ ☽ ○ ○
			☽ ☽ ☽ ○ ○
			☽ ☽ ☽ ○ ○
			☽ ☽ ☽ ○ ○
			☽ ☽ ☽ ○ ○
			☽ ☽ ☽ ○ ○
			☽ ☽ ☽ ○ ○
			☽ ☽ ☽ ○ ○
			☽ ☽ ☽ ○ ○
			☽ ☽ ☽ ○ ○
			☽ ☽ ☽ ○ ○
			☽ ☽ ☽ ○ ○
			☽ ☽ ☽ ○ ○

ONE YEAR GRAPH

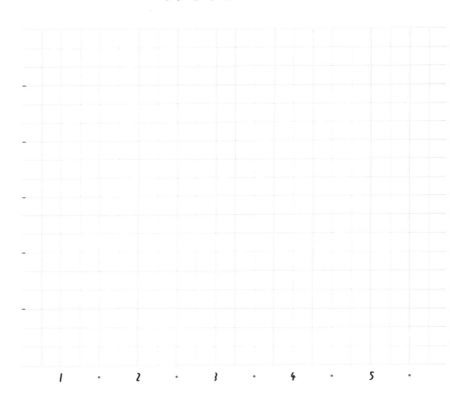

1   ·   2   ·   3   ·   4   ·   5   ·

MY TIMELINE ★

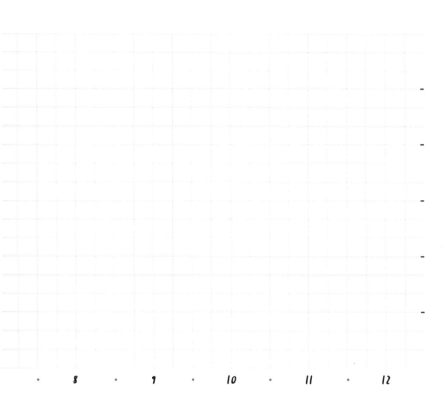

· 8 · 9 · 10 · 11 · 12

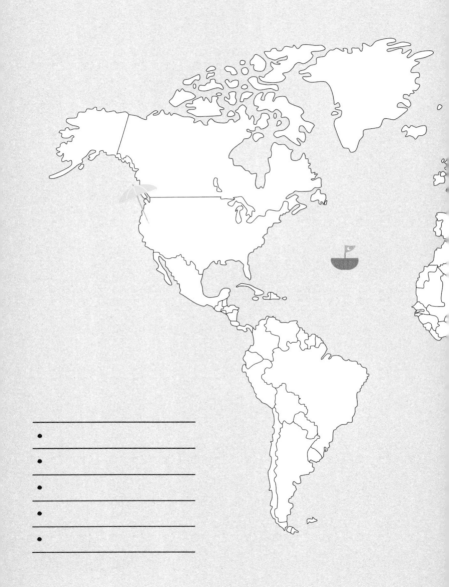

- _____
- _____
- _____
- _____
- _____

ABOUT ME

NAME

MOBILE

EMAIL

ADDRESS